AF205267

INGE HÖRDEMANN

INGE HÖRDEMANN

Die Göttliche …
und andere Geschichten

Freude und Dankbarkeit sind eine Liebeserklärung ans Leben

www.tredition.de

© 2021 Inge Hördemann

Umschlag: Illustration: Guntram Hördemann

Bildmaterial: Inge und Guntram Hördemann, www.istock.com

Lektorat: Dr. Yvonne Caroline Schauch

Verlag & Druck: tredition GmbH, Halenreie 40-44, 22359 Hamburg

ISBN

Paperback: 978-3-347-40324-6
Hardcover: 978-3-347-40325-3
e-Book: 978-3-347-40326-0

Das Werk, einschließlich seiner Teile, ist urheberrechtlich geschützt. Jede Verwertung ist ohne Zustimmung des Verlages und des Autors unzulässig. Dies gilt insbesondere für die elektronische oder sonstige Vervielfältigung, Übersetzung, Verbreitung und öffentliche Zugänglichmachung.

Danke, mein Schatz, dass Du mich bei diesem Abenteuer so tatkräftig unterstützt und motiviert hast.

Es ist mein erstes „Baby", … das zweite ist in Arbeit.

Inhalt

Viel Spaß beim Lesen

Das Tier

Jeder hat es - in sich. Viele verschiedene Rassen, groß, klein, frech, oder gehorsam.

Im Fernsehen, im Internet, in Zeitschriften und Büchern – deren Vielfalt riesig ist – kann ich lernen, meinen echten Hund zu erziehen, ihn zu pflegen und zu einem fröhlichen Gefährten gedeihen zu lassen. Das allein ist schon eine Kunst. Glaub mir ich weiß, wovon ich spreche.

Stubenreinheit, Gehorsam und eine spielerische Unkompliziertheit. Wer würde seinen Hund nicht schon gern so fix und fertig erzogen mit acht Wochen vom Züchter oder aus dem Tierheim abholen?

Aber ich rede hier von dem „inneren Tier" in uns.

Ich meine nicht das „Tier", das in dem Film *Rossini* zitiert wird, in einer erotischen Szene mit Heiner Lauterbach und Gudrun Landgrebe.

Ich meine das Tier, das mich mit gefletschten Zähnen zwingt, auf dem Sofa liegen zu bleiben, statt den Geschirrspüler auszuräumen, oder mich förmlich in die Bäckerei schubst, um ein Stück Kuchen zu kaufen. Bei Regenwetter mit dem echten Hund nur eine kleine Runde zu gehen, oder mich verführt nach dem zweiten Glas Rotwein auch ein drittes zu trinken.

Genauso liebevoll kann er sein, wenn er mir angenehm brummelnd klarmacht, dass die Lohnsteuer auch noch bis nächste Woche warten kann, denn er möchte unbedingt den großartigen Spielfilm im Fernsehen mit mir schauen.

Das Tier von dem ich spreche, ist der innere Schweinehund.

Okay, ich weiß, wie oft er gewinnt, dieser kleine Rüpel. Wie er schwanzwedelnd meine Pflichten verdrängt. Vor allem die, die mir schwer im Magen liegen oder sogar Schweißausbrüche verursachen. Aber „Schweini" schiebt und schiebt und schiebt. Es liegt sicher an den Dingen, die ich schiebe. Mal wichtige Aufgaben, dann aber auch idealistische Ziele, bei denen er mir die Entscheidung aus der Hand nehmen will. Was bleibt? Ein kurzer wohliger Moment ... mit bitterem Beigeschmack! Ärger und dem Gefühl, versagt zu haben. Er hat gewonnen. Wieder einmal.

Ich wiege noch immer zwei Kilo zu viel – nun gut. Wie schaffe ich es, dieses kleine Biest in mir besser in den Griff zu bekommen?

Was für ein Gefühl – nach dem fünften Anlauf endlich vor dem Fernseher 30 Minuten Pilates gemacht zu haben? Toll, toll, toll! Der Anfang ist gemacht. Das Gefühl ist überwältigend, ich habe gesiegt und bin stolz auf mich. Die wohlige Müdigkeit wird am nächsten Tag von Muskelkater gemeinster Güte abgelöst. Egal. Der nächste Trainingstermin verläuft nicht viel anders, wieder kämpfe ich ... Wer gewinnt? Jetzt gehe ich zum zweiten Mal als Sieger aus dieser Runde hervor, da kommt der kleine Fiesling schon ins Grübeln. Versucht bei meinem dritten und vierten Anlauf umso intensiver und vehementer, meinen guten Willen der Konsequenz zu brechen ... (Schweinehund!)

Damit bin ich beim Zauberwort *Konsequenz*. Es ist wie mit vielen Dingen im täglichen Leben. Vieles tue ich konsequent, wie Zähneputzen, Frühstücken, Fernsehen. Andere, auch wichtige Dinge leider nur hin und wieder. Warum schaffe ich es nicht, sie mit in die Kategorie „Täglich" aufzunehmen? Irgendwann gebe ich auf, um dann mit schlechtem Gewissen nach endloser Zeit wieder von vorn zu beginnen.

Ein quälender Kreislauf. Doch was kann ich tun? Drehe ich den Spieß doch einfach mal um. Nicht *er* darf meine guten Vorsätze boykottieren, sondern diesmal mache ich mich über ihn lustig, lasse ihm keine Chance. Statt faul rumzuhängen, schüttel ich ihn beim Joggen ordentlich durch, dass ihm die Schlappohren nur so um selbige fliegen. Beim Work-out wird er gekniffen, gedrückt und von den verschiedenen Muskelgruppen drangsaliert. Ha!

Das hat er jetzt davon! Ich esse keine Pizza, sondern einen leckeren fettarmen Gemüseauflauf. Ätsch! Ätsch!! Ätsch!!!

Und nun? Wie lange halte ich stand? Er versucht stündlich, mit mir über alles Mögliche zu diskutieren, immer wieder, und bringt mich damit zur Verzweiflung. Diesmal hat er keine Chance. Armer Kerl, … denn eigentlich ist es ja sein Job.

Nun, ich bin auf einem guten Weg und freue mich. Damit der innere Vierbeiner nicht unglücklich wird, gebe ich ihm hin und wieder eine Chance, aber wirklich nur hin und wieder! Zum Beispiel nur ein Mal pro Monat, damit er nicht wieder übermütig wird. Aber, was wären wir ohne ihn???

… Das ist eine andere Geschichte.

Hast du Zeit?

Sechzig Sekunden, eine Stunde, ein Tag, eine Nacht. Eine Woche oder ein Monat, ein Jahr, eine Generation, ein Leben. Zeit wird großgeschrieben, im wahrsten Sinne des Wortes.

Als Kind dauerte es noch endlos, so ein Jahr. Bis der Geburtstag da war oder das Christkind kam. Die gelebte Zeit wird immer „mehr" im Laufe des Lebens, und auf der anderen Seite immer „weniger". Nicht nur, weil man älter wird, sondern weil man meint, sie nicht zu haben – zumindest viel zu wenig davon.

Es gibt einen Übeltäter mit vielen Gesichtern, der dafür verantwortlich ist: unsere Gesellschaft. Wenn man keine Zeit hat, ist man wer. Man ist gefragt, anerkannt, erfolgreich und angesehen. Natürlich wird dadurch die Zeit, die eigentlich am wichtigsten ist – für die Familie, Freunde und letztendlich für sich selbst –, immer weniger.

Die Technik, telefonieren, gleichzeitig am PC arbeiten, fernsehen, kochen, die Kinder betreuen und zusätzlich über die bevorstehenden Aufgaben nachdenken. Schlicht dieses optimierte und multifunktionale Verhalten: Warum tun wir so etwas?

Ganz einfach – um Zeit zu gewinnen … Dabei können wir doch noch viel mehr mit unserer Zeit tun. Wir können sie verlieren, vertrödeln, schinden, nehmen, vergeben, einsparen, gewinnen doch egal, was wir mit ihr tun, in der heutigen Zeit hat man fast immer zu wenig Zeit.

Früher war das anders, da steckte die Technik noch in den Kinderschuhen. Doch heute nimmt allein das Erlernen dieser Technik schon so viel Zeit in Anspruch! Die Tücken (oder auch Lücken) dieses Fortschritts rauben uns die Zeit, die wir mit ihr gewonnen hätten.

Sind wir dann so weit, die Lücken mit neuem Wissen gefüllt zu haben, hat sich in rasender Geschwindigkeit eine neue Technologie entwickelt, die wir auch wieder lernen und bewältigen müssen. Und schon ist unser Zeitlimit wieder überschritten.

Unsere Gedanken befinden sich oft in der Vergangenheit oder der Zukunft. Selten in *diesem* Moment, weil dieser armselige kleine Moment überschüttet wird. Er kann kaum atmen vor den Entscheidungen, die anstehen, oder vor gewesenen Situationen, die „Bauchschmerzen" bereitet haben und noch nicht verdaut sind. Wo bleibt da das *Jetzt*?

Wer hat uns beigebracht, „*jetzt*" zu sein? Normalerweise haben Kinder noch die Fähigkeit sich im *Jetzt* zu verlieren. Warum gibt es keinen spielerischen Unterricht, in denen die Kinder lernen, was Vergangenheit, Gegenwart und Zukunft bedeuten. Immer seltener sehen wir alle den Alltag in seiner vollen, schönen Pracht, mit allen wunderbaren Begegnungen und den Wundern der Natur! Traurigerweise ehr selten, weil wir hetzen, eilen, planen! Ohne innezuhalten und zu sehen, wo wir sind. Wie wir sind.

Sonne, Regen, Berge, Schmetterlinge und Menschen – von denen so wenige lächeln.

Der Wellness-Trend steigert sich in rasender Geschwindigkeit, die Menschen suchen nach Entspannung für Geist, Körper und Seele. Alles, was man über Jahre verlernt hat, wird jetzt wieder trendy. Viele streben danach, weil sie ausgehungert, ja ausgebrannt sind. Einige tun es nur, weil es „in" ist … und durch die Medien propagiert wird. Aber egal warum, es ist gut so, weil auf diese Weise wenigstens ein Teil der Menschen der wahren Zeit und deren Genuss langsam wieder auf die Spur kommt.

Sich die Zeit zu nehmen, allein zu sein, zu lesen oder Musik zu hören, zu wandern, oder einfach nichts tun – sich vor allem die Zeit für *nur eine* Sache zu nehmen, das ist es, was uns fehlt.

Nicht kochen *und* telefonieren, nicht essen *und* lesen, kurz: nicht unstet sein, sondern ruhig und gelassen, das ist für viele eine schwierige Aufgabe, denn es ist immer „Zeit": Zeit, ins Bett zu gehen, Zeit aufzustehen, Zeit aufzuräumen, Zeit zuzuhören, Zeit arbeiten zu gehen, Zeit anzurufen: Zeit – Zeit – Zeit.

Aber wir können noch immer wählen. Wir haben auch Zeit zum Träumen, Lachen, Schlafen, Faul sein ... *Wir* sind die Entscheider. Fazit ist: Was ist (uns) wichtig? Der Gesellschaft zu genügen – oder uns die Zeit zu nehmen zum Leben im Hier und Jetzt?

Entscheide selbst ...

Der Raum

Wärme, Behaglichkeit, Liebe, Wohlbefinden, Vertrautheit, Leben in dem Raum, in dem ich sitze. Es gibt eine große Fensterfront mit einer Terrassentür. Lamellenvorhänge in Weiß haben die dunkle Wand des Abends ausgeschlossen und erhellen den Raum. Auf der Fensterbank stehen Bilder mit Hundebabys, mit einem weißen Herzen aus Gips dekoriert.

Der gesamte Raum ist in angenehmes, warmes, indirektes Licht getaucht. Keine Lampen an der Decke, stattdessen viele Kerzen und Gläser mit Teelichtern in verschiedenen Formen, Boden-, und Stehlampen.

Was auffällt, ist das Farbenspiel: dezent und ruhig. Es gibt dem Raum eine harmonische Großzügigkeit, obwohl er nicht sehr groß ist.

Vor der Fensterfront steht ein Korbstuhl, rund geflochten. Man hört ihn fast leise flüstern: „Komm, setz dich." Die lindgrüne Decke, die über einer Lehne liegt, lässt ahnen, welch kuschelige Stunden man dort am Fenster auf diesem Korbstuhl verbringen kann. Obwohl es jetzt dunkel ist und die Kerzen kleine Schatten werfen, kann man sich vorstellen, wie schön der Blick sein muss, den man von dort aus in den Garten hat.

Ein Ficus benjamini lässt seine Blätter über den Korbstuhl hängen, wie ein Sonnenschirm über einem Liegestuhl. Zwischen seinen Zweigen windet sich eine Lichterkette, deren Lämpchen wie kleine Sterne aussehen.

Das Kissen auf dem Stuhl, dezent grün gestreift, ist noch etwas zerknittert. Es muss wohl heute schon jemand dort gesessen haben.

Weiterhin, um das eine oder andere ablegen zu können, steht neben dem Stuhl ein kleiner, niedriger Plexiglastisch, darauf eine quadratische Korbschale mit Zeitungen, Büchern und etwas Kleinkram darin.

Links neben der Fensterfront steht eine Regalwand in Weiß mit Türen aus Buchenholz. Offen, luftig, viele Bücher und Zeitschriften. Und immer wieder wärmende Farben, Bilder in klarer Form, so schlicht, so dezent – und trotzdem ein Hingucker. Integriert ist ein weißer Flachbildfernseher, darunter weitere technische Geräte. Eine Uhr, Kerzen, Gläser mit getrockneten Orangenscheiben, drei kleine Vasen mit großen Pinienzapfen stehen auf dem nicht sehr hohen Regal.

Freundlichkeit strahlt von diesen beiden Raumwänden zur dritten Wand. Diese wird von einem Spiegel vergrößert. Viele würden glauben, es grenze ein weiterer Raum an, aber es ist nur ein großer Spiegel.

Links davon zwei Bilder: schwarze Rahmen, gestreifte Motive, einmal quer – einmal längs. Rechts vom Spiegel eine Stehlampe, auch hier warmes Licht, doch davon nicht genug. Eine Kugelleuchte zwischen Regalwand und Spiegel strahlt von unten und lässt die Ecke größer wirken.

Davor macht es sich ein Essplatz – der Tisch aus Glas, die Stühle aus beigefarbenem Leder – gemütlich. Auf dem Tisch liegen Sets, bereit für das nächste kulinarische Highlight. Außerdem steht eine kleine Vase mit frischen weißen Tulpen darauf.

Die der Regalwand gegenüberliegende Seite ist dem Sofa vorbehalten. Das beige Leder und die klassische Form passen sehr gut in den Raum. Lindgrün gestreifte Kissen mit Troddeln kuscheln sich in die beiden Ecken des Sofas, eine Decke über der Lehne verstärkt die einladende Gemütlichkeit des Raumes.

Auf einem runden Glastisch stehen Blumen, liegen Zeitungen und leuchten Kerzen, sie sind Gäste auf diesem Tisch.

Der Kontrapunkt: ein schwarzer Ledersessel. Er sieht nicht mehr neu aus, er ist klassisch modern. Runde Armlehnen, gerade

Rückenlehne und wieder Rundungen am Ende der Sitzfläche. Er schwingt. „Zen" heißt er.

Passend dazu steht eine schwarze Flamingo Lampe – bestens als Leselampe geeignet – auf einem buchefarbenen Beistelltisch. Dort ruhen sich die Fernbedienungen aus, in Lauerstellung, bald wieder Programm machen zu können. Doch als wenn die Leselampe sagen wollte „Heute ist mein Auftritt, ich bin gefragt und nicht ihr Fernbedienungen!," beugt sie sich über das Buch, das auf dem Beistelltisch liegt, und spendet Licht zum Lesen. Sie sieht stolz und schön dabei aus, vor allem mit den fächerartigen Blättern der Palme, die im Hintergrund die Wand kitzelt.

Ein Raum, in dem man viele schöne Stunden verbringen kann. Komm, ich lade dich ein, lass uns ein Glas Wein trinken.

Essen

Es gab eine Zeit, in der Essen lediglich als eine Notwenigkeit angesehen wurde. Man hatte Hunger, man aß etwas und war satt, bis man wieder Hunger bekam.

Schön, dass diese Zeiten vorbei sind. Die letzten Jahre zeigen immer deutlicher: Genuss und Fantasie, gepaart mit Neugier, Kreativität und Leidenschaft sind in die Küche eingezogen. Sicher weiß man auch ein schnelles McRib-Menü zu schätzen, aber alles zu seiner Zeit.

Hat man diese nämlich, wird das Einkaufen, Vorbereiten, Dekorieren und schließlich das Genießen zum Kult. Liebespaare bekochen sich gegenseitig oder kochen gemeinsam, Freunde werden zu Mega-Menüs eingeladen, Feiertage werden zu Koch-Events. Man kocht weniger – aber mehr.

Ob Biolek, Henssler, Schuhbeck oder Lafer, TV-Kochduelle oder *Das perfekte Dinner*: Immer stehen die Lust am Zubereiten und die Unterhaltsamkeit im Vordergrund.

Den Einkaufswagen durch die Gänge der Feinkostabteilung zu schieben, macht Vorfreude aufs Schnibbeln, Anbraten, Abseihen, Abschäumen, Andünsten, Entkernen, Anschwitzen, Parieren, Pürieren, Montieren und Verrühren.

Ein Gläschen Wein oder Sekt bei den Vorbereitungen lässt den Appetit – und die Stimmung! – zu Hochform auflaufen.

Ärgerlich wird es nur, wenn einem für die vielen verschiedenen kleinen Vorspeisen, die man als Fingerfood servieren möchte, die entsprechenden Lebensmittel fehlen. Nämlich, weil die Geschäfte nicht das hergeben, was man so dringend benötigt.

Sicher hast Du auch schon dieses oder jenes erst im dritten oder vierten Geschäft erstanden. Deshalb ist es ratsam, vorab zu planen. Ich habe es mir zur Gewohnheit gemacht, bei aufwendigen und ausgefallen Menüs meinen Lebensmittelhändler oder Obst-

und-Gemüse-Händler rechtzeitig zu informieren und die entsprechenden Zutaten vorab zu bestellen.

Ist die Zeit knapp, greife ich zu weniger ausgefallenen Gerichten oder kreiere eigene Rezepte, die dann entstehen, wenn ich im Kühlschrank das eine oder andere verbrauchen möchte oder könnte. Es sind schon großartige Rezepte entstanden, nur weil noch Tomaten und Porree übrig waren und der Räucherlachs den letzten Tag des Haltbarkeitsdatums anzeigte!

Deshalb solltest Du ruhig mutig sein und einfach etwas ausprobieren, sowohl beim Kochen als auch beim Dekorieren. Wir wissen alle: Das Auge isst mit. Wahrscheinlich habe ich deswegen zugenommen … (Scherz).

Egal, eine ansprechende Tischdekoration ist einfach nicht wegzudenken, um die mit Liebe gekochten und vorbereiteten Speisen zu würdigen. Ob es nun Blumen sind, die auf dem Tisch verteilt oder als Arrangement platziert werden, oder Muscheln und Sand beim Sommer-Menü – Kerzen gehören immer auf den Tisch.

Weiche, fließende Stoffe, originell um die Teller gelegt, oder ausgefallene Platzteller sowie schöne Servietten sorgen ebenfalls für ein wunderschönes Tischbild.

Im Herbst bieten sich auch getrocknetes buntes Laub, Kastanien und kleine Kürbisse an sowie Zapfen, Sterne und Glimmer in der Weihnachtszeit. Aber bitte immer – immer! – Kerzenlicht. Es schmeichelt den Gästen, der Stimmung und dem Ambiente.

Mach es ruhig spannend, stelle deinen Abend oder Tag unter ein bestimmtes Motto. „Dinner in White" oder eine andere Farbe, nach der die Speisen und die Kleidung der Gäste angepasst sind. „Hochgestapeltes", … hier kannst du Gerichte aussuchen, zum Beispiel Türmchen, Geschichtetes und mehr. Du kannst wählen, ob es ein Gala-Abend, ein Menü - welches nur mit den Fingern gegessen wird - oder, oder, oder.

Freu dich jetzt schon auf deine nächsten Gäste oder ein Dinner zu zweit. Vielleicht auch auf einen einzigen, ganz besonderen Gast: dich! Bekoche dich doch mal selbst nach allen Regeln der Kunst. Verwöhne dich! Ich habe es ausprobiert, und ich verspreche dir: Es ist ein Erlebnis der ganz besonderen Art.

Der Gewinner in deinem Kopf

Angst frisst dich auf, nimmt dir jeden klaren Gedanken. Alles ist schwarz, negativ und grauenvoll. Die zukünftigen Minuten, Stunden, Tage oder gar Monate liegen traurig und beklemmend vor dir.

Es war einfach diese blöde Situation, sie hat dich runtergezogen. Die Worte, die du gehört hast, haben dich verletzt. Die Schuhe, die man dir zugeworfen hat, du hast sie aufgeschnappt und angezogen. Sie tun dir nicht gut, sie schmerzen, drücken, lassen dir keinen Raum für anderes. Ja, sie bringen deine Füße sogar zum Bluten.

Warum ist das so? Wo ist dein Paar Schuhe, das bequem, ausgelatscht und vertraut ist? Du hast sogar eine ganze Menge davon.

Doch da kommt jemand und wirft dir welche zu, die gar nicht für dich bestimmt sind. Warum nimmst du sie? Warum lässt du sie nicht einfach liegen, steigst lächelnd drüber und widmest dich dem, was sich warm, weich, selbstsicher und stabil anfühlt?

Lach doch darüber, dass dich jemand verführen wollte, dich selbst zu verlassen, zeig ihm lieber dein ganzes Sortiment. Aber vielleicht musst du es gar nicht, denn überdenke die Situation noch einmal: Waren die Schuhe wirklich für dich bestimmt? Doppelt doof.

Es waren deine eigenen Gedanken, die deine Wunden aufgerissen haben. Was machen sie mit dir, deine Gedanken? Merkst du, was für eine Macht sie haben?

Atme ruhig und tief, atme neue Energie ein und verbrauchte Energie aus. Habe Vertrauen … zu dir selbst.

Gedanken sind ein wichtiges Gut. Sie verändern deine Gefühle, deine Worte, deinen Körper, dein Leben.

Achte auf dich!

Aus den Träumen des Sommers wird im Herbst Marmelade gemacht

(Englische Gartenweisheit)

Die Göttliche

Sie ist eine wahre Göttin, die Heidi, wenn sie Marmelade kocht. Sie hat eine Rezeptur, die nicht jeder mag, Gott sei Dank. Bei der Herstellung ihrer Himbeermarmelade war ich nie dabei, will ich auch gar nicht. Ich genieße sie lieber.

Aber Du solltest wissen, wie die Himbeeren für diese einzigartige Marmelade in den Topf kommen.

Ihr Mann, ein Banker, mittlerweile in Rente, sammelt schon viele Jahre mit seinen zarten Händen und Fingern die kleinen samtigen Früchtchen und steckt dabei ganz heldenhaft so manchen Kratzer weg. Er sammelt sie in einem von seiner Uroma geerbten und behüteten selbst geflochtenen Weidenkorb. Schon seine Hingabe und Freude am Pflücken der Himbeeren bereiten den wunderbaren Geschmack der Marmelade vor.

Mein Mann und ich haben es uns zum Ritual gemacht, jeden Morgen eine Scheibe Weißbrot zu frühstücken – und dass, obwohl wir wenig Weißmehlprodukte essen. Doch für diese Marmelade machen wir eine Ausnahme.

Schon kurz nach dem Aufstehen geistert dieses getoastete Brot durch unsere Köpfe. Jedoch putzen wir erst unsere Zähne, duschen und ziehen uns an. Dann werden die Betten gemacht und der Hund gefüttert. Währenddessen treibt sich der Gedanke an die kleine morgendliche Delikatesse weiter in unseren Köpfen herum. Und jetzt geht es endlich los ...

Als Erstes wird das Brot getoastet. Schon der Duft lässt unsere Geschmacksknospen erwartungsvoll beben.

Zwischenzeitlich wird mit dem Vollautomaten Kaffee gemacht, dessen betörendes Aroma sich mit dem Duft des gerösteten Brotes verbindet und unseren Geruchssinn verwöhnt.

Zack, springt das Weißbrot aus den Schlitzen des Toasters und beide Scheiben zeigen sich in einer wunderschönen goldbraunen Farbe. Einfach zum Reinbeißen. Doch stopp!

Erst wenn die Butter ihren Auftritt hatte und sanft in die Poren des Weißbrotes eingezogen ist, wird es spannend, denn jetzt kommt das krönende Finale.

Heidis Himbeermarmelade, wunderschön in ihrer Farbe anzusehen, wird genussvoll auf das Brot gestrichen, man könnte fast sagen: gestreichelt. Die Vorfreude ist kaum noch zu ertragen, dazu der Kaffee und mhmm …

… dann beißen mein Mann und ich gleichzeitig in dieses ach so fantastisch schmeckende Brot! Göttlich! Der fruchtige Geschmack, getoppt mit Ingwer und Chili, diese verführerische rote Farbe der Himbeeren, die vermittelnde Butter zu dem knackigen Toast – einfach himmlisch und unvergleichlich.

… Wir freuen uns schon auf morgen.

Du wirst morgen sein, was du heute denkst

(Buddha)

Dein Körper hört alles

Mir ist etwas kalt, ich sitze auf dem Boden, der Hund liegt zwischen meinen Beinen. Er ist meine kleine mobile Heizung.

Ich denke nach. Noch immer habe ich den Spruch „Dein Körper hört alles, was dein Kopf sagt" in den Ohren. Oft gehört, noch öfter vergessen. Vor allem, wenn blöde Gedanken und belastende Erinnerungen sich darin breitmachen. Seit Jahrzehnten kenne ich diesen Spruch, und seit Jahrzehnten versuche ich, positiv zu denken, denn denken, denke ich ja sowieso, also warum nicht gleich positiv ... Auch wieder so ein Spruch. Übrigens: Ich liebe gute, lustige, tiefsinnige und motivierende Sprüche.

Mein Körper ist ein Geschenk, für das ich jeden Tag dankbar bin. Ich bin für ihn verantwortlich, genauso wie für mein Auto und viele andere Dinge in meinem Leben, und sollte bestens für ihn sorgen: Im Gegensatz zum Auto kann ich mir keinen neuen Körper kaufen.

Also Obacht. Mein Körper ... Ja, er spricht sogar zu mir, er erzählt mir, wie er sich von mir behandelt fühlt, sei es gut, sei es schlecht. Ich muss nur genau hinhören.

Bei schönen – positiven – Gedanken katapultiert er mich in Euphorie und höchste Glückszustände.

Auf hässliche – negative – Gedanken reagiert er hingegen mit Selbstzerstörung. Und hier hat er ein großes Repertoire, aus dem er schöpfen kann: Rückenschmerzen, Hautjucken, Kopfschmerzen, Schlaflosigkeit, Autoimmunerkrankungen und leider vieles, vieles mehr.

Also glaubt mir, er hört alles! Wenn ich über die blöde Nachbarin schimpfe. Oder: Shit, ich habe die Milch vergessen! Oder: Dieser Vollpfosten, der hätte mir fast die Vorfahrt genommen!

… Ich hätte nicht so viel essen sollen … Ich habe keine Lust … Mir graut … Ich bin zu dick … Warum immer ich … Ich kann das nicht … Ich schaffe das nicht … (Und, und, und …)

Stelle Dir vor, wie Dein Körper sich dann fühlt, das arme Ding. Dieses ständige Nörgeln über Dich selbst und das Leben! Du musst dir das mal im Geiste veranschaulichen, da es ist fast so, als würdest du dich sich selbst verletzen oder dir eine runterhauen.

Behandelst du ihn, deinen Körper nicht auch manchmal, wie du es bei anderen Personen niemals tun würdest? Damit meine ich nicht nur all die hässlichen, gemeinen oder sich selbst abwertenden Gedanken, sondern auch das, was du alles in deinen Körper hineinstopfst, was du ihm Gutes versagst oder gar nicht erst anbietest.

Klar, wir sind auf einem guten Weg. Du bemühst dich um Achtsamkeit, Sport, gesundes Essen, Meditation und darum, die innere Mitte zu finden. Aber es reicht oft nicht aus. Er kommt leider viel zu oft zu kurz, dein Körper.

Nimm dir einfach Zeit um mit deinem Körper sprechen! Die Betonung liegt auf *einfach*: Ein Tässchen grüner Tee, eine Auszeit für deine Gedanken und spüren, was dein Körper dir zu sagen hat. Soll er sich doch mal so richtig ausquatschen.

Wenn du gut zuhörst und auch hinsiehst, kann du viel von ihm erfahren.

Wie fühlt sich deine Brust an, ist sie frei oder liegt Druck auf ihr? Dein Atem, ist er ruhig und tief? Sind da Verspannungen in den Schultern, im Nacken, Rücken oder in den Beinen? Wie fühlen sich deine Finger an? Denke daran, was du den ganzen Tag lang so mit deinen Händen und Fingern tust; sie sind ein wahres Wunderwerk. Deine Augen, strahlen sie oder sind sie stumpf und traurig?

Eine endlos lange Liste, über die jeder für sich mal nachdenken kann. Was für ein Phänomen unser Körper doch ist!

Wenn du am Ball bleibst und dir täglich einen kurzen Moment Zeit nimmst für dich und deinen Körper, bewirkt das auf Dauer eine Menge.

Gib ihm täglich die Möglichkeit, alte Glaubenssätze, alte Redewendungen auszumerzen, zum Beispiel: Es dreht sich mir der Magen um. Mir platzt der Schädel. Das macht mich krank. Ich trete auf der Stelle. Ich muss immer buckeln. Ich arbeite mich halb tot. Das sitzt mir im Nacken. Ich kann den nicht riechen ... und so weiter. Dein Körper wird es dir danken.

Ich will gar nicht „nur" über die unglaublichen Funktionen und Möglichkeiten der menschlichen Physiologie reden, nein, nein, es sind die mentalen und unbewussten Abläufe, die mich oftmals aus den Pantinen hauen, wenn ich mich intensiver mit dem Thema auseinandersetze.

Was könnten wir alles erreichen, wenn wir unsere Gedanken im Griff hätten! *Dankbarkeit* und *Liebe*: die Schlüsselwörter zum Tor des inneren Friedens und der Zufriedenheit. Dicht gefolgt von *Freude* und *Humor*. *Mitgefühl* für dich selbst macht das Leben schön, du bist nachsichtiger mit dir und damit automatisch auch mit anderen. Gute Gedanken vermehren und vorurteilsfreier sein.

Doch stopp! Nicht das du denkst, Wut, Ärger, Traurigkeit und die gesamte Palette unserer negativen Gefühle sollte verbannt werden. Das wäre ein großer Fehler.

Denn diese Gefühle gehören ebenso zu dir, sie sind deine Babys: Sie brauchen deine Aufmerksamkeit und Liebe, dein Wohlwollen und Verständnis, bevor du sie transformieren und schließlich dein Herz öffnen kannst. Dazu solltest du sie von allen Seiten betrachten und vor allen Dingen: fühlen.

Das Fühlen und Anerkennen ist wichtig, denn erst wenn du sie wertschätzt, kannst du sie in Liebe verwandeln. Für dich!

Mitgefühl, Großzügigkeit, Dankbarkeit für dich selbst zu fühlen und all diese Eigenschaften auch leben: Nur so kannst du diese

Gefühle auch auf andere Menschen, Tiere und die Natur übertragen.

Kurzum: Lass uns jeden Morgen neu damit beginnen, uns unser selbst bewusst zu sein.

Let's love oder wie Byron Katie sagt: „Lieben, was ist."

Mein Hund hat schon vor einer Weile seinen Kopf auf meinen Oberschenkel gelegt.

Mir ist warm.

Nur in einem ruhigen Teich spiegeln sich die Sterne

(Chinesisches Sprichwort)

Arbeitsstress

Eine Frau mit einem dunklen Kurzhaarschnitt sitzt am Tresen einer Arztpraxis. Ihr Gesicht ist angespannt. Man könnte meinen, auf ihrer Stirn lesen zu können, dass sie eigentlich lieber ganz woanders wäre, vielleicht wie in der Werbung – *I want to go to Rio*. Aber sie sitzt dort, auf ihrem Stuhl am Schreibtisch. Man kann sehen, wie ihre Augen hin und her wandern, Zeilen und Zahlen auf dem Bildschirm lesen, erfassen und verarbeiten. Allerdings zieht sie recht häufig die Augenbrauen hoch und kneift die Lippen etwas zusammen. Dabei entstehen lauter kleine Fältchen um ihren Mund.

Das Wartezimmer ist voll, das Telefon klingelt. Ohne den Blick vom PC zu lösen, nimmt die Frau den Hörer ab. Sie arbeitet - offenbar etwas genervt - weiter und versucht gleichzeitig, dem Anrufer weiterzuhelfen. Auch ihre Kollegin ist beschäftigt, sie versucht vergeblich ein Fax zu verschicken – immer besetzt. Das laute Tut-Zeichen lässt die Stimmung im Raum noch angespannter und gereizter werden.

Die Lesebrille der Frau rutscht etwas nach vorn. Sie telefoniert noch immer. Man spürt ihre Unsicherheit. Sie fasst sich an die Oberlippe und knetet sie nachdenklich. Anschließend antwortet sie dem Anrufer irgendetwas, dabei umfasst sie ihren Hals, reibt daran. Es sieht aus, als dächte sie, es würde sie den Kopf kosten, wenn die Aussage, die sie dem Anrufer gegeben hat, falsch wäre.

Dann legt sie den Hörer wieder auf, schiebt ihre Brille etwas höher und versucht sich wieder vollkommen auf ihren Bildschirm zu konzentrieren. Ihre Augen fixieren irgendetwas, dann kräuselt sie die Stirn. Die Aufgabe, die sie erledigen will, scheint schwer zu sein. Oder es ist die fehlende Konzentration, die ihr zu schaffen macht, weil immerzu das Telefon klingelt.

Wieder kommt ein Patient und will sich anmelden. Sie hebt den Kopf, lächelt etwas angestrengt und bittet ihn, noch eine Weile Platz zu nehmen.

Wäre sie doch bloß in Rio …

Dieser wunderschöne Moment, wenn ich meinen Hund anschaue …
und ich mich frage, wie ich bloß so viel Glück haben konnte!

Der Hund

Da liegt er, der Hund, nicht ganz zusammengerollt, aber so halb. Die Rute ist in Richtung Kopf geschwungen und verdeckt sein Hinterteil sowie die untergeschobenen Hinterläufe.

Er hat fast weißes, leicht gewelltes Fell, es muss sehr, sehr weich und kuschelig sein. Er blinzelt mit den Augen, halb schlafend, halb wachend. Es wird ihm nichts entgehen, obwohl er entspannt ist. Sein Kopf liegt gemütlich auf seiner rechten Pfote, dennoch bereit, auf alles, was ihm wichtig erscheint, zu reagieren.

Die schöne, nicht mehr ganz schwarze Nase bläht sich leicht bei jedem Atemzug. Hin und wieder kann man sehen, wie der Hund verschiedene Gerüche aufnimmt – irrsinnig viele kleine Zellen riechen Dinge, die uns verborgen bleiben.

Dann ein tiefes Atmen, wie wir Menschen, wenn wir seufzen. Jetzt ist er doch tief und fest eingeschlafen. Er träumt, träumt von den Spuren und den Gerüchen, die er verfolgt hat und aus denen er seine Kumpels erkennen kann: Pepper, der alte Hund von gegenüber mit den vielen Kindern im Haus, er ist schon 'ne alte Socke, aber ganz nett. Oder aber Hera, die neue kleine Hündin aus der Nachbarschaft. Alle Spuren erkennt er und weiß genau, wann seine Kumpels vorbeikamen und wie es ihnen heute ergangen ist.

Jetzt zappelt der Hund und zuckt am ganzen Körper, als ob er einen Hang hinunterläuft und Erster sein will. Er bellt, ein etwas gurrendes Bellen im Traum. Man sieht, wie sich die Pfoten bewegen, er fiepst, dann knurrt er wieder. Es muss eine großartige Geschichte sein, die der Hund träumt. Vielleicht die Geschichte seines Lebens?

Da gibt es noch einen zweiten Hund, er ist schon älter und liegt neben den träumenden Kumpan. Er ist der Erfahrene, der Rudelführer, souverän, verlässlich, und hat einiges an Lebenserfahrung zu bieten. Er ist ein Hund, der lächelt, wenn er sich streckt, der lächelt, wenn er liebkost wird, ein Hund, der mit seinem ganzen

Körper spricht. Weil nicht nur der Schwanz, sondern das ganze Hinterteil mit dem Hund wedelt.

Kein Zweifel: Er ist der schönste Schwanzwedler der Welt".

Es gibt überall Blumen für den, der sie sehen will

(Henri Matisse)

Tulpen

Die Vase ist geräumig. Für zwanzig Tulpen bietet sie Platz. Rotorange und schon aufgeblüht. Eine Tulpe ist länger als die andere, als würden sie darum wetteifern, wer am höchsten hinauskommt. Ihre Blätter, noch immer dunkelgrün, schmiegen sich eng an die Stängel, um dann kurz vor der Blüte eine Verbeugung nach außen zu machen.

Die Tulpen präsentieren sich so, als ob sie sagen wollten: „Schau, was wir behütet haben, jetzt ist sie da, die Blüte mit den rotorangenen Blättern."

An der Stelle, wo der Stängel in die Blüte übergeht, ist der Ansatz der Wurzel für die einzelnen Blätter. Diese versorgt sie mit Wasser. Bis sie abfallen, werden noch zwei oder drei Tage vergehen.

Schon morgen sind es sieben Tage, sieben Tage lang haben sie Freude bereitet, das Auge erfreut und die Seele berührt. Mit dem Beginn des Frühlings haben sie ihre Aufgabe erfüllt und sind froh, einen so schönen Platz gefunden zu haben, mit einem täglich applaudierenden Publikum.

Ein Vormittag

Sie sitzt in der Arztpraxis und wartet auf ihren Check-up-Termin. Sonne durchflutet den langen Flur, in dem die Patienten auf ihre Untersuchungen warten. An der Rezeption hört man Schubladen auf- und zugehen, Papier rascheln und das Klicken einer PC-Tastatur.

Ein schöner Morgen, denkt sie. Aber sie hat auch ein wenig Angst vor der Untersuchung. Hoffentlich ist alles in Ordnung – eigentlich ja nur eine Routineuntersuchung. Da sie wegen der Blutabnahme noch nüchtern ist, knurrt ihr Magen, und sie hat sich vorgenommen, gleich in ein nettes Café zu gehen, um zu frühstücken.

Laut Wetterbericht soll es noch bis zum Nachmittag schön bleiben. Sie macht sich Gedanken darüber, was sie alles am Wochenende erledigen will. Es steht viel auf ihrem Plan. Gartenarbeit, die Hunde trimmen, einkaufen, denn eine Freundin kommt zu Besuch. Überhaupt hat sie eine sehr aktive Phase – ob es der Frühling ist, der diesen Tatendrang hervorruft?

Nach dem Frühstück will sie einen ausgiebigen Spaziergang mit ihren Hunden machen, um sich dann in Ruhe einigen Stunden ihrer Büroarbeit zu widmen.

Sie kann sich ihre Arbeit selbst einteilen, eine schöne Sache, jedoch hat man nie richtig Feierabend. Sie wird Berichte ausfüllen, Daten in den PC eingeben, Post sortieren, die Ablage machen und einige neue Termine vereinbaren.

Anschließend will sie sich etwas Leckeres zu essen zaubern, ganz nach ihrem Geschmack, um es sich dann auf dem Sofa bequem zu machen. Sie liebt es, wenn die Hunde auf ihren Füßen liegen, um sie zu wärmen.

Momentan führt sie mit ihrem Mann eine Fernbeziehung, er arbeitet für eine Weile im Ausland. Doch sie gewöhnt sich nur schwer daran, auch an den Wochenenden allein zu sein.

Einerseits eine schöne Sache, machen zu können, was man will und wann man will, ohne sich mit dem Partner absprechen zu müssen. Aber weniger schön, nicht kommunizieren zu können. Niemanden zum Kuscheln zu haben, niemanden, mit dem man die kleinen und großen Freuden des Lebens teilen kann, außer per Telefon. Auch das gemeinsame Kochen vermisst sie. Beide probieren gern neue Rezepte aus, die kompliziert und ausgefallen sind, um sie dann für oder mit Freunden zu kochen.

Sie freut sich, in zwei Monaten ist er wieder da.

Noch immer wartet sie auf das Vorgespräch mit der Ärztin. Gleich ist sie dran. Dann geht alles recht zügig, Gespräch, Untersuchung, Blutabnahme, Ultraschall, auch ein EKG wird gemacht. Sie ist fertig. So weit ist alles O. K., die Blutbefunde kann sie nächste Woche erfragen. Man merkt ihr die Erleichterung und die Freude auf das Wochenende an.

Endlich kann sie frühstücken gehen. Im Café sucht sie sich einen gemütlichen Platz, von dem aus sie den größten Teil des Raumes überblicken kann.

Nachdem sie bestellt und die Bedienung ihr Frühstück serviert hat, beißt sie herzhaft in ihr Käsebrötchen, das außerdem mit Ei, Gurke, Tomate und Salat belegt ist. Genau wie sie es mag. Auch der heiße Cappuccino tut gut. Der erste an diesem Tag, sie wärmt sich die kalten Hände an der heißen Tasse. Mhmm, das tut gut.

Neben ihrem Tisch sitzen zwei junge Männer in gepflegten Anzügen. Sie reden sehr laut – zu laut – über ihre Kunden und Telefonmodelle, sie scheinen aus dieser Branche zu kommen. Der laute Geräuschpegel ist unangenehm. Sie hasst Lärm in jeglicher Form, es stört einfach. Trotz der lauten Unterhaltung genießt sie ihr Brötchen und bestellt sich noch einen Cappuccino bei der Kellnerin.

Ihre Gedanken kreisen schon wieder um das Wochenende. Am Sonntag hat sie ein Seminar mit einer Freundin: *Hawaiianische Bewegungsmeditation*. Sie schmunzelt, denn irgendwie muss sie dabei immer an Baströckchen denken. Die Vorstellung, wie sie sich dort bewegen und meditieren, amüsiert sie schon ein wenig. Jedoch wird es wahrscheinlich entspannend und sicher auch lehrreich sein.

Hin und wieder nippt sie an ihrem Kaffee und hört unweigerlich das Gespräch der beiden Männer mit. Die Worte Umsatz, Einheiten, Flüge nach Portugal, Schulungen und einiges mehr schwappen zu ihr rüber. Sie blättern in Umsatzlisten und bemerken gar nicht, wie laut sie reden.

Ein älteres Ehepaar hat sich schräg gegenüber an einen kleinen Tisch gesetzt. Sie sind gut angezogen, etwas bieder, aber sehr gepflegt. Der Mann trägt einen grauen Pullover, eine schwarze Hose, dazu schwarze Schuhe. Die Haare sind licht und grau. Hin und wieder streicht er sich über den Kopf. Vielleicht aus Verlegenheit, denkt sie. Glücklich und zufrieden sieht anders aus. Wahrscheinlich wollen sie mal so richtig schön Kaffeetrinken gehen, aber sie haben sich nichts zu sagen, sie schweigen sich an. Wie traurig.

Die Frau hat eine typische Dauerwelle, wie ältere Damen sie in den Achtzigerjahren getragen haben. Ein buntes Kleid, Ohrringe und beige Schuhe mit einem kleinen Absatz. Wie viele Jahre sie wohl schon verheiratet sind? Sie spielt mit ihrer Tasse, dreht sie am Griff immer hin und her. Ob sie Kinder haben? Wie mögen sie sich kennengelernt haben? Was ist passiert, dass sie jetzt nur schweigen? Typische Gesten wie leises Pfeifen und leises Trommeln mit den Fingern deuten die Verlegenheit darüber an, dass sie sich nichts zu sagen haben.

Die beiden Männer sind gegangen. Der Geräuschpegel ist gesunken. Es ist eine Wohltat. Die Bedienung räumt den Tisch ab, arrangiert alles für die nächsten Gäste.

Ruck, zuck ist der Tisch wieder besetzt. Ein junges Paar, sie sehen frisch verliebt aus. Sie sind wahrscheinlich um die zwanzig Jahre alt, fast noch Kinder. Verheißungsvolle Blicke gehen zwischen den beiden hin und her. Sie berühren sich ständig, halten Händchen und lachen sich an. Was für ein Kontrast zu dem älteren Ehepaar.

Sie macht sich Gedanken, wie sie und ihr Mann wohl in diesem Alter sein werden. Kaum vorstellbar, dass sie sich nichts mehr zu sagen hätten. Sie würden schon dafür sorgen. Lächelnd nimmt sie den letzten Schluck Kaffee und bricht auf.

Das Leben ist so schön, denkt sie, als sie das Café verlässt.

…und immer wieder gibt es Tage, an denen ich einfach nicht fassen kann, dass du nicht mehr hier bist…

Sie fehlt mir

Jeden Morgen, wenn ich mir meinen Lidstrich ziehe, denke ich an sie. Sie hatte eine Technik, den Strich außen höher anzusetzen und ihn schräg zum inneren Winkel des Auges zu ziehen, sodass sich ein lang gezogenes Dreieck bildete. Diese Technik habe ich schon damals von ihr übernommen.

Wir lernten uns während unserer Ausbildung kennen, vor mehr als dreißig Jahren. Irgendwann erzählte sie: Mit achtzehn Darmkrebs. Geheilt.

Sie legte großen Wert auf ihr Äußeres, sie war sehr gepflegt und zog oft alle Blicke auf sich. Ihre schönen blauen Augen strahlten ihre Lebensfreude, ihren ausgeprägten Lebenswillen aus.

Die Art, wie sie die Luft durch die Nase sog, wenn sie etwas erzählte, war so eine ganz besondere Eigenart von ihr.

Ich höre es förmlich, wenn ich daran denke.

Wir tranken gern Rotwein zum Essen, wenn wir uns gegenseitig besuchten. Sie fand oft kein Ende und zog mich mit … morgens aßen wir Brot mit Frischkäse, Zwiebeln und Tomaten. Auch das habe ich von ihr übernommen, es schmeckte frisch und lecker. Heute nennen wir es „Heikebrot". Ab und zu nahmen wir auch vor dem Frühstück schon eine Ibu, wegen der Kopfschmerzen, lachten und nahmen uns vor, demnächst früher ins Bett zu gehen. Wir machten lange Spaziergänge, gingen shoppen, oder essen, und dekorierten ihre Wohnung um, wenn die Zeit es zuließ. Wir waren so herrlich jung und albern.

In der Firma machten wir gute Umsätze und hatten großartige Tagungen.

Zu jeder Tagung ein neues Outfit. Es machte damals Spaß, shoppen zu gehen, mit ihr ganz besonders. Wenn sie Klamotten sah, die sie hässlich fand, rollte sie so mit ihren blauen Augen, dass ich mich vor Lachen kaum halten konnte. Wir fanden immer etwas Extravagantes, Klassisches. Sie hatte einen guten Geschmack. Es war eine wunderschöne, unbeschwerte Zeit, die wir hatten.

Kinder, sie wollte unbedingt Kinder und eine wundervolle Familie. Für den Mann, den sie liebte, tat sie alles. Zu viel, viel zu viel.

Überhaupt kümmerte sie sich schon immer um jeden, half überall. Organisierte, rannte und besorgte. Immer auf der Suche nach Liebe und Anerkennung.

Leider ließ sie sich oft, vor allem von einer bestimmten „FreundinX", heftigst ausnutzen und merkte es nicht einmal.

Bei einem ihrer Besuche lag sie seitlich auf meinem Sofa, das Shirt war hochgezogen. Ich saß auf dem Fußboden und horchte an ihrem Bauch. Nur ich trank ein Glas Rotwein, sie war glücklich … Es wurde ein Junge.

Kurz nach der Geburt Brustkrebs. Zweimal, glaube ich, es ist schon lange her.

Chemo, Haare weg. Aber sie lebte, hätte nie aufgegeben.

Unsere Wege trennten sich, nicht im Bösen, aber es ging so nicht. Sie war wie ferngesteuert, sah nicht, dass fast alle in ihrem Umfeld sie ausnutzten, vor allem der Vater ihres Sohnes.

17 Jahre sahen wir uns nicht. Sie war nur noch fixiert auf Kind und Mann. Eine bessere Kindheit sollte er haben, ihr Sohn. Bemerkte nicht, was sie anrichtete, verwöhnte ihn und nahm ihm alles ab. Ihm fehlten die Erfahrungen, weil sie alles für ihn erledigte.

Sie tat alles für ihre kleine Familie. Sie wäre glücklich gewesen, wenn er sie geheiratet hätte, der Vater ihres Sohnes, aber er wollte nicht. Trotz seines Sohnes, seines einzigen.

Sie genoss es, ihren Mann und Gäste zu bekochen, und alle kamen immer gern – und zahlreich. Sie hatte keinerlei Hilfe durch ihren Mann, ganz im Gegenteil. Rockte das ganze Familienleben allein, Kind, Haus, Besuch, Urlaube, in denen sie Urlaubsplanerin, Köchin, Putzfrau und vieles mehr war, damit ihre Familie und Freunde, die auch noch mit eingeladen wurden, es bequem hatten. Sie hatte kaum Zeit, sich zu erholen. Keiner nahm Rücksicht auf sie.

Später noch mal Darmkrebs, Krebs in der Lunge und am Sternum. Ihren Job konnte sie schon lange nicht mehr machen. Wie immer Chemo.

Dann rief sie an, nach 17 Jahren. Weinte, entschuldigte sich. Wir telefonierten lange, wie in alten Zeiten, als hätten wir erst vor drei Tagen miteinander gesprochen. Ich freute mich, dass sie noch lebte und sich gemeldet hatte.

Ich gestehe, früher habe ich manchmal mit gesperrter Nummer angerufen und freute mich jedes Mal so sehr, wenn ich ihre Stimme hörte, legte dann aber wieder auf.

Sie hatte sich getrennt. Er wohnte noch im Haus. Der Krebs, er war wieder da.

Unser erstes Wiedersehen nach der langen Zeit war so schön. Fast wie in alten Zeiten. Unsere Münder standen nicht still. Sie war trotz allem positiv bis unter die Haarspitzen. Ich blieb drei Tage, dann fuhr ich wieder heim.

Unsere Telefonate drehten sich um Anwälte, Chemo, Psychotherapie, Papierkram und den Sohn.

Mein Mann und ich versuchten ihr zu helfen, so gut es ging. Ihr Anwalt war nicht der tollste, und mein Mann, der sich recht gut auskannte, gab ihr Tipps und Informationen.

Dann endlich war er ausgezogen, der Vater ihres Sohnes. Der erste Erfolg gegen jahrelange Lieblosigkeit, Ignoranz und Ausbeutung. Das Haus gehörte ihr. Sie war irre froh, wollte neu durchstarten.

Ich besuchte sie immer öfter.

Morgens kochte ich, wenn ich bei ihr übernachtete, Kaffee für uns, und wir tranken ihn in ihrem Bett. Ihre wenigen Haare standen kreuz und quer zu Berge, wie meine. Wir lachten über uns, wir waren ganz schön alt geworden. Natürlich nur äußerlich, innerlich waren wir wie damals.

Sie hatte ein Eichhörnchen im Garten, das bis auf den Terrassentisch kam, um in das Haus zu gucken. Es war so süß, es anzuschauen. Ihr Hauseichhörnchen, ihr Seelentröster. Sie beobachtete es vom Bett aus, wenn es ihr nach den vielen Chemos schlecht ging. Der Sohn fragte abends, was es zu essen gäbe.

Wenn sie wütend war, wurde ihre Stimme ganz schrill und laut. Sie kämpfte: gegen den Krebs, gegen den Vater ihres Sohnes, der immer wieder versuchte, ihr Steine in den leider nur noch so kurzen Weg zu legen. Sie behütete ihren Sohn vor *allem*. Vergötterte ihn, die kleine Mutterglucke.

Einmal waren wir noch shoppen. Sie kaufte einen bunten Jumpsuit mit Paisley-Muster ich einen kurzen gelben Jeansrock. Es war ein schöner Tag. Wir trafen Bekannte von ihr, in den Geschäften. Sie war überall gern gesehen. Zwischendurch ruhte sie sich aus, wenn es eine Sitzgelegenheit gab. Danach aßen wir beim Italiener.

Der Entschluss stand dann irgendwann fest. Sie wollte das Haus verkaufen. Die Arbeit schaffte sie nicht mehr, Garten, Reparaturen, die steile Treppe nach oben. Träumte von einer schönen Wohnung, einem neuen Anfang.

Der Sohn schaute Netflix und schlief oftmals bis in den frühen Nachmittag, er kümmerte sich nur um sich.

Wir telefonierten viel und lange. Mit Kopfhörern konnte ich dabei bügeln oder kochen, mit ihr gemeinsam. Sie wollte immer wissen, was es zu essen gab und wie ich es zubereitete.

Wir hatten mehrere Termine ins Auge gefasst, wann sie mich besuchen könnte. Immer kam irgendwas dazwischen, Anwalt, Chemo … Ich hatte schon Ochsenbäckchen bestellt, die sie sich gewünscht hatte. Wir haben sie dann allein gegessen.

Der Sohn lebte in seiner Welt. Kannte seine Mutter ja kaum anders als krebskrank. Sie kriegte doch immer alles wieder hin, für ihn. Er erkannte die Situation nicht. Mit seiner Hilfe konnte sie nicht rechnen. Das machte mich fast wahnsinnig.

Wir halfen, wo wir konnten.

Sie hatte Glück. Konnte das Haus zu ihrem Wunschpreis verkaufen.

Es wurde schlimmer, sie wurde immer schwächer, die Luft fehlte auch. Wieder Metastasen in der Lunge. Sie ging freiwillig ins Krankenhaus. Bekam ein Sauerstoffgerät. Blieb dort ein paar Tage und ging wieder heim.

Wir lachten Tränen, als sie sich mit dem Sauerstoffschlauch verhedderte und die Nase irgendwie ganz platt drückte. Situationskomik.

Außerdem bekam sie eine schick zusammengestellte Nahrung aus dem Beutel, damit sie alle Vitamine, Spurenelemente und Aminosäuren erhielt. Das tat ihr gut. Wir nannten es das Fünf-Gänge-Menü, denn es dauerte etwa fünf Stunden, bis das „Essen" durch den Port durchgelaufen war. Schmeckte nur nicht. Sie aß nur eine Kleinigkeit von dem, was ich gekocht hatte, oder einen Joghurt.

Panischer Anruf, der Sauerstoff war alle. Sie hatte Angst, wusste nicht, was sie tun sollte. Der Techniker, er konnte helfen. Der Sauerstoff reichte noch. Zwischendurch der ganze Postkram, das belastete sie sehr.

Gemeinsam mit einer anderen lieben Freundin von ihr, die ich zuerst durch ihre Erzählungen, dann glücklicherweise auch persönlich kennenlernte, kümmerten wir uns um sie. Sie organisierte helfende Hände und forcierte den Antrag auf eine Pflegestufe.

Wir beiden Freundinnen tauschten uns ständig aus und waren froh, unsere Sorgen um sie miteinander teilen zu können.

Einmal waren wir beide da und machten uns zu dritt einen schönen Mädelstag bis in den Abend hinein. Wir saßen auf der Terrasse, lachten viel und grillten. Lachs. Ja, sie aß unglaublich gern Lachs, gegrillt, gegart, gebraten, egal wie.

Nach diesem Tag und Abend war sie zwar sehr erschöpft, aber glücklich, genau wie wir.

Wir gingen für sie und den Sohn einkaufen, froren Fisch und Fleisch aus der Metro ein. Kochten, wuschen und bügelten. Die andere Freundin wohnte eine Stunde von ihr entfernt, ich zwei.

Der Sohn spielte am Computer oder ging mit seinen Freunden aus. Er hatte keinen Führerschein. Wollte auch keinen machen, so war es bequemer für ihn.

Sie wurde immer schwächer und die Schmerzen immer größer. Sie konnte nur noch auf einer Seite liegen, wahrscheinlich waren es die Metastasen, die schmerzten. Es war ein Sonntag. Ich war froh als sie endlich einwilligte den Notarzt zu rufen, er spritze Morphin. Für die Nacht holte ich noch Morphintabletten aus der Notfallapotheke ab.

Am nächsten Morgen wieder mit dem Taxi ins Krankenhaus, Chemo. Sie wurde noch schwächer, im Gegensatz zu ihrem Lebenswillen. Nach zwei Tagen hatte sie sich selbst aus dem Krankenhaus entlassen.

Einmal massierte ich sie sanft und wir sprachen über das Sterben. Sie wollte es nie hören, aber ich hatte einen guten Moment getroffen. Ich erzählte ihr von der Patientenverfügung inclusive Vorsorgevollmacht, die mein Mann und ich gemacht hatten und sprach über weitere Details. Sie sagte mir, es sei ihr alles egal. Sie wollte ihre Kraft nicht verschwenden. Sie brauchte sie für ihre Hoffnung gesund zu werden.

Doch was sie auf keinen Fall wollte, ... dass der Vater ihres Sohnes bei ihrer Beerdigung dabei war.

Mit ihrer Hand streichelte sie meine, drückte mich und bedankte sich bei mir, dass ich für sie da war. So viele hatten sich nicht mehr bei ihr gemeldet, die vorher alle gern kamen, zum Essen und Feiern.

Sie bat mich ihre Winterpullis auszusortieren, damit sie mehr Platz im Schrank hätte. Schöne Pullis, sie lachte und verriet unter ihrer Sauerstoffmaske: Alles Schnäppchen von *TK Maxx*. Den Laden kannte ich nicht. Sie wollte unbedingt mit mir dort hin, wenn es ihr besser ging.

Es ging ihr nicht besser.

Einmal schnitt ich ihr vorsichtig die wenigen dünnen Haare, sie hatte Vertrauen. Wir lachten, denn – sie hatte die Haare schön, ich hatte Glück gehabt.

Sie schaffte es nicht mehr allein zu Hause.

Wir packten ihre Sachen. Ich sortierte, sie sagte, was ich einpacken sollte für die Aufnahme ins Krankenhaus. Sie hatte wieder die Sauerstoffmaske auf, die vor sich hin zischte und komische Geräusche machte. Ohne ging es sowieso nicht mehr.

Sie kam nicht mehr heim. Es war ihre letzte Reise. Zwei Reisetaschen.

Erst Krankenhaus, dann Palliativstation. Dort genoss sie, wenn das Wetter es zuließ, noch einige Sonnenstrahlen, wenn sie auf der Terrasse frühstückte. Die Schwestern waren rührend.

Mehr als drei Wochen dort ging nicht. Deutsche Gesetze: entweder Abbruch der Chemo und Hospiz oder Chemo und Altenheim. Sie war vor ein paar Tagen 57 Jahre alt geworden.

Ich wachte zu diesem Zeitpunkt seit Wochen morgens mit dem Gedanken an sie auf und ging abends mit ihm ins Bett. Sie quälte sich, die letzten beiden Chemos waren mörderisch. Sie tat mir unendlich leid.

Sie konnte kaum noch telefonieren. Schwach, immer schwächer, ging das überhaupt noch?

Ich besuchte sie an einem Donnerstag in ihrem schönen Zimmer mit Terrasse und Blick in den Park. Sie freute sich, mich zu sehen. Sie sah sehr schlecht aus. Versuchte aber, wie immer, Witzchen zu machen. Ich hatte mir ein Käsebrötchen besorgt, sie aß ein paar Tortellini mit Tomatensoße. Ihre Füße baumelten beim Essen in der Luft. Sind sie nicht kalt? Ja, sie wurden kalt, ich holte Socken aus dem Schrank und zog sie ihr an.

Das Reden strengte sie an, doch wir unterhielten uns eine Weile. Dann ging ich hinaus und ließ sie ein Stündchen schlafen. Eine schöne Palliativstation, sehr liebevoll und warm gestaltet. Ich saß dort auf einem kuscheligen Sofa und schaute auf einen kleinen Innenhof mit Teich … Meine Gedanken kreisten um sie und ihren bevorstehenden Tod.

Als ich mich später von ihr verabschiedete, ahnte ich nicht, dass es das letzte Mal war. Ich drückte sie vorsichtig, wir schauten uns an.

Ich telefonierte am folgenden Donnerstag noch einmal länger mit ihr. Am Tag danach sollte ein Gespräch mit dem Sohn und der Oberärztin stattfinden. Es sollte besprochen werden, wie es weiterging. Sie war beunruhigt, denn sie musste eine Entscheidung treffen.

Es wurde ihr offiziell mitgeteilt, dass die Chemo abgebrochen werden sollte. Es gab keine Hoffnung mehr.

Auch wenn sie diese Nachricht nicht hören wollte, erlaubte sie ihr aber (wahrscheinlich), endlich den Kampf gegen den Tod aufzugeben und – loszulassen. Sie starb an ebendiesem Freitag in den Nachmittagsstunden.

Ich war erschüttert. Fast makaber, es zu sagen, aber: Es kam so plötzlich. Ich fuhr am Samstag am frühen Morgen zu ihr.

Eine Stunde war ich bei ihr. Schüttelte sie sanft, konnte es nicht glauben. Erzählte ihr, ich weiß gar nicht mehr was, alles Mögliche.

Ihre Hände lagen auf dem Bauch. Sie hatte sich so über ihr neues Nagel Gel gefreut. Rosa, es sah schön aus auf ihren Fingernägeln. Ständig streichelte ich sie, sie war so kalt. Ich hatte das Bedürfnis, sie warm zu streicheln, doch die Kälte kletterte in meine Hände.

Ich erneuerte die Kerzen im Zimmer und die vor der Tür. Ich kitzelte sie an der Nase. Glaubte jeden Moment, sie würde lachen.

Dieses irrsinnige Gefühl, es nicht glauben zu können, dass sie nichts mehr sagen wird, sich nicht mehr bewegen wird. Wir uns nicht mehr drücken konnten. Keine Albereien und keine endlos langen Gespräche mehr haben würden. Ihre Stimme und ihre positive Art nicht mehr zu erleben. Was hätte ich gegeben, wenn sie mir noch einen Moment in die Augen geschaut hätte.

Dann fuhr ich nach Hause. Auf der Hin- und Rückfahrt hörte ich einen Klassiksender. Ein Lied rührte mit sehr, es passte so gut zu meinen wunden und traurigen Gefühlen, ein Stück von *Arvo Pärt* namens *Spiegel im Spiegel*. Das Cello war tragend und traurig, das Klavier zauberte eine kleine Leichtigkeit in das zehn Minuten dauernde Stück.

Ich dachte, dass es ihr gefallen könnte, wenn es auf ihrer Beerdigung gespielt würde.

Es war nicht zu glauben, sie war tot. Einfach tot. Ich weinte und konnte es immer noch nicht realisieren, obwohl ich sie doch tot gesehen hatte. Ich sehe noch immer ihre Augen, als sie einmal extreme Atemnot hatte. Die Angst zu ersticken. Die Angst zu sterben. Sie wollte leben!!!

Die Bitte in ihrem Blick: *Hilf mir doch!* Gleichzeitig die Trauer darüber, dass ihr keiner mehr helfen konnte.

Ich kam nach Hause, mein Mann und ich setzten uns ins Wohnzimmer. Wie oft hatten wir drei hier zusammen telefoniert, um eine Lösung für einige ihrer Probleme zu finden. Wir waren so traurig. Noch immer alles nicht realisierbar. Eine Flut von Tränen.

Der Sohn und die Schwester organisierten unbeholfen die Beerdigung. Keiner war richtig fähig dazu, alle waren überfordert.

Die andere Freundin und ich gaben Hilfestellung. Wir bereiteten eine Rede vor. Jede eine. Einen Pfarrer gab es nicht.

Der Sohn und die Schwester suchten das Grab, die Blumen und die Urne aus. Die Musik wurde in letzter Minute von dem Sohn an den Bestatter geschickt.

Der Ablauf der Beerdigung war unklar. Man bat mich, mit dem Bestatter zu sprechen, wegen der Trauerreden.

Das tat ich und schlug außerdem vor weiße, mit Helium gefüllte Ballons am Urnengrab in den Himmel steigen zu lassen, jeder einen, mit einem letzten Gruß an sie. Dazu sollte eines ihrer Lieblingslieder gespielt werden (sie hatte mir erzählt, welches Lied es war, als ich sie massierte).

Die Ballons nur für sie, gefüllt mit Liebe.

Am Tag der Beerdigung waren mein Mann und ich die Ersten in der Kapelle.

Ich hatte einen Blumenstrauß aus unserem Garten für sie gebunden, legte ihn neben die Urne. Wir hatten ein größeres Bild von ihr, in einem schwarzen Rahmen vorbereitet und stellten es daneben. Das Foto hatte ich vor sechs Wochen von ihr gemacht. Trotz ihrer schweren Krankheit sah sie blendend darauf aus.

Ihr Wunsch, dass weder der Vater ihres Sohnes noch die eingangs erwähnte „FreundinX", die sie fast bis zum Schluss finanziell und psychisch ausgenutzt hatte, erscheinen sollten, erfüllte sich leider nicht. Sie kamen. Der Sohn hatte es zugelassen.

Spiegel im Spiegel wurde als erstes Lied gespielt, im Anschluss sprach meine Freundin. Eine wunderschöne, zu Tränen rührende emotionale Rede. Danach Musik von Bocelli, dann sprach ich. Meine Rede war anders, sehr persönlich und detailliert, liebevoll und ehrlich, aber auch anklagend. Die, die ihr nicht gutgetan hatten, schaute ich bei meinen kritischen Worten an. Es war mir eine Genugtuung, auch wenn ich kurzfristig Angst hatte, zu weit zu gehen.

Die Ballons stiegen in den Himmel. Mit „ihrer Musik". Es war sehr bewegend. Viele bedankten sich bei meiner Freundin und mir für unsere Worte in der Kapelle. Es war tröstlich.

Anschließend gab es Kaffee, Kuchen und belegte Brötchen.

Die „FreundinX" und ihre Töchter waren abstoßend. Bedrängten die Mutter der Verstorbenen, waren wie lästige Kletten ohne Feingefühl. Dann bestellten sie Sekt. Der Sohn trank auch.

Wir fuhren heim.

Einen Tag nach der Beerdigung erfuhr ich, dass in ihrem Haus nach der Trauerfeier eine Party gefeiert worden war: von der „FreundinX", deren Töchtern und weiteren Menschen, die ihr nicht gutgetan hatten. Es war noch Alkohol besorgt worden.

Mir war übel.

Man hatte einige Schränke geöffnet. Gefeiert. Pläne geschmiedet, dass ihre Kleidung und sonstigen Sachen auf dem Flohmarkt verkauft werden sollten. Der Sohn war dabei gewesen …

Ich weinte. Ich gehörte nicht zur Familie, ich wohnte weit weg. Hätte ich es verhindern können?

Meine einzige Hoffnung ist Warten, denn ich vertraue darauf, dass das Karma seinen Job machen wird.

Jeden Morgen, wenn ich mir meinen Lidstrich ziehe, denke ich an sie …